Lettre

D'UN

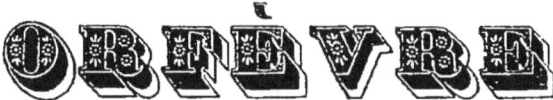

EN RÉPONSE

A UN ARTICLE DE LA REVUE DE PARIS

DU 12 JUILLET 1835,

SUR L'ORFÉVRERIE MODERNE.

Tant de fiel entre-t-il dans l'ame... d'un amateur?

PARIS.

TYPOGRAPHIE D'ÉVERAT,

RUE DU CADRAN, 16.

—

JUILLET 1835.

LETTRE

D'UN

ORFÈVRE.

LETTRE

D'UN

ORFÈVRE,

EN RÉPONSE

à un article de la Revue de Paris,

Du 12 Juillet 1835,

SUR L'ORFÉVRERIE MODERNE.

Tant de fiel entre-t-il dans l'ame... *d'un amateur ?*

PARIS,

IMPRIMERIE ET FONDERIE D'ÉVERAT,

RUE DU CADRAN, 16.

—

JUILLET 1835.

LETTRE

D'UN

ORFÈVRE DE PARIS,

EN RÉPONSE

à un article sur l'Orfévrerie moderne,

Signé SCHOELCHER.

———— ⋙✦⋘ ————

Il a paru, le 12 juillet, dans la *Revue de Paris*, un article intitulé DES NIELLES ET DE L'ORFÉVRERIE MODERNE. Cet article (dont l'érudition sur la première partie est tout empruntée à l'*Essai sur les Nielles*, gravures des orfèvres florentins, de M. Duchesne aîné, Paris, 1826) paraît avoir servi d'occasion à l'auteur pour se livrer à une critique chagrine et peu fondée de l'orfévrerie de nos jours. Son style empreint d'acrimonie va même jusqu'à la personnalité. Mais un autre inconvénient, à mon sens, d'une telle publication, c'est qu'on n'en comprend pas l'à-propos ni le but. Ce factum paraît en retard d'un an au moins, oublié qu'on le suppose, après l'exposition de 1834, sur quelque bureau de rédacteur en chef des nombreuses feuilles qui s'occupèrent de l'industrie à cette époque.

A une critique aussi peu mesurée, non-seulement des produits, mais encore du caractère d'une nombreuse classe d'ARTISTES.... (j'ouvre le Dictionnaire de la langue française, et je lis : Orfévrerie, art; orfèvre, artiste). Il eût peut-être été plus sage d'opposer le silence. Y répondre, n'est-ce pas lui accorder de l'importance, du retentissement? Cependant il y a là une occasion de repousser l'accusation injuste que tendent à faire prévaloir depuis quelque temps contre l'orfévrerie actuelle les artistes, ou plutôt ceux qui se disent tels. J'essaierai d'en démontrer la fausseté.

On reproche à l'orfévrerie actuelle (c'est l'auteur de l'article en question, M. Schœlcher, l'Aristarque arriéré, que je vais citer) « *d'être tombée dans le dernier degré d'abaissement, elle ne possède pas un seul homme digne du nom d'artiste!* » Voilà qui est bien tranchant, bien dur! c'est une proscription en masse! M. Schœlcher, comme on voit, n'y va pas de main morte.... Plus loin : « *Les orfèvres sont des ouvriers stupides, travaillant sans raisonner.... ils se vouent à leur état sans vocation, sans études préliminaires; ils se font orfèvres, comme ils se feraient débitans de tabac ou officiers de troupes, etc., etc. Ils ont torturé les formes anglaises, ils se sont mis à copier du Louis XIV.... il faut que notre orfévrerie se fasse indépendante!...., etc., etc., etc.*

Voilà le style de *M. Schœlcher.* Et d'abord je nie

qu'à aucune époque l'orfévrerie ait pu se faire indépendante.

Les arts industriels, dont l'orfévrerie participe surtout (si elle n'est pas un art à elle seule), n'ont-ils pas toujours été dirigés par l'influence générale des beaux-arts de leur siècle? n'en ont-ils pas toujours reçu, réflété, pour ainsi dire, le caractère, le style, la couleur? Ainsi, sans remonter à des époques éloignées, telles que la renaissance, qui nous donneraient trop d'avantages, l'orfévrerie de l'empire, que l'on décrie aujourd'hui avec tout autant d'amertume qu'on mettait d'enthousiasme à la louer dans son temps, de laquelle on blâme *les niaises et fausses imitations des Grecs et des Romains*, n'est-ce pas de ce système du nu, de ce retour à l'antique, à sa simple nature, qu'on a appelé l'école de David, que cette orfévrerie, disons-nous, prit son caractère d'imitation des Grecs?

Eh bien! je le demande maintenant à des juges de bonne foi. Après l'empire, qui donna le signal du *dévergondage de goût* que déplore *M. Schœlcher*, non lui tout seul, sans qu'il s'en doute? Ne sont-ce pas messieurs les artistes eux-mêmes? et j'entends par artistes, ceux qu'admire exclusivement comme tels le critique : peintres d'histoire, de genre, d'aquarelles, sculpteurs, etc., etc. (le tout nécessairement romantique, ayant horreur du Grec et du Romain). Qui commença donc, il y a dix ans, à se prendre de belle passion pour le *rococo*, pour les meubles de Boule, pour les grandes et petites pendules, avec pied et queue, comme sans pied ni queue, avec incrustations d'écaille, comme sans incrustations ? Qui se fanatisa d'abord pour les candélabres tortillés, pour les dorures massives, mais *riches*, du siècle de Louis XIV ?... Qui ? MM. les artistes, oui, MM. les artistes ! Toutes ces richesses reposaient tranquillement chez les marchands de curiosités et dans quelques maisons du Marais ; tout-à-coup les artistes découvrirent que ces choses étaient des chefs-d'œuvre ; à l'instant, le public se rua sur les quais, l'hôtel Bullion fut assiégé. Les marchands antiquaires n'y suffirent plus : on parcourut la province ; on déterra, on acheta à tout prix les consoles, les buffets, les horloges du 17ᵉ siècle ; on fit redorer, réparer tout cela. Des ameublemens entiers furent rassemblés et ressuscités ainsi. On voulait avoir, il y a dix ans, son salon *en Louis XIV*, comme on veut avoir aujourd'hui son *oratoire en Renaissance*. Mais n'anticipons pas.

Mais *M. Schœlcher* va me répondre : « Eh bien ! » s'il y a eu frénésie, sot fanatisme, qui vous » obligeait à y sacrifier... ? »

Eh ! vraiment, qui nous y obligeait ? Pensez-vous qu'il fût, je ne dirai pas raisonnable, mais même *possible*, de faire adopter, sous le directoire, une orfévrerie ayant le cachet des règnes de Louis XV et Louis XVI, lorsque cette orfévrerie devait paraître sur des tables entourées de femmes drapées en Callioppes, en Cornélies, en Clios ; d'hom-

mes coiffés à la *Titus*, dans des appartemens
meublés et tendus à l'antique?

Et croyez-vous que, lorsque le *rococo* exhumé
par vous reparut en fauteuils, en buffets, en porcelai-
nes, il nous fût possible de continuer les formes de
l'empire, ou d'établir un système à nous, qui ne
fût pas en harmonie avec l'ameublement général?

Nous eussions tenté ce coup d'état que vous
nous auriez accablés de railleries. Quoi! faire une
révolution dans l'art et sans la coopération des
artistes!! notre orgueil eût été traité de folie.
Vous eussiez empêché les acquéreurs de se fier à
nous.

Reconnaissez donc, sans préventions, que l'orfévrerie n'est pas aussi indépendante que vous le
pensiez d'abord, et que son style, son système,
doivent être calculés sur le système général de l'a-
meublement; qu'enfin, dans les circonstances
particulières où nous nous sommes trouvés, force
nous fut de suivre le torrent, de faire ce que vous
appelez si élégamment du *rococo*.

« Mais, dit le critique, puisqu'on faisait du
» rococo, il fallait le faire bon, *ne pas copier l'art*
» *des Anglais, ne pas torturer les Anglais...*

Torturer les Anglais! je ne répondrai pas à
cette hyperbole.

Louis XIV, *ce pauvre roi*, qui fit tant de choses pour les arts, ce qu'on ne devrait pas oublier;
Louis XIV protégea l'orfévrerie d'une manière
particulière: il fit faire des travaux d'une richesse

incroyable, et qui donnaient *une juste idée de sa grandeur*, dit Perrault. C'est sous son règne que l'on commença à se servir de vaisselle de table, non-seulement riche, mais commode et de formes raisonnées. Dans les malheureuses années où s'éclipsa cette gloire, les beaux modèles (il y en avait pour quelques millions) furent portés à la monnaie et fondus. Mais les Anglais veillaient. Leur industrie marchait à pas de géant depuis Cromwell. Il leur fallait des types. Ils s'emparèrent de nos formes. Le *rococo* fut transporté sous les brouillards de Londres. On pourrait dire poétiquement que, trop mâle, trop brillant, il y fut écourté, rapetissé; disons tout bonnement que les Anglais le ployèrent à leurs formes commodes et bien appropriées à tous les usages de la vie; et si nous prenons aujourd'hui quelque chose des Anglais, c'est non pas *leur art* dans le sens jaloux qu'y attache notre honorable détracteur, mais leur instinct, leur amour du bien-être, du *confortable* que M. *Schœlcher* méprise comme une tyrannie, et auquel ne sacrifient pourtant pas seulement les orfèvres dans ce siècle positif, comme affecté de le croire M. *Schœlcher*, qui est contre eux d'une irritation presque fébrile.

Je conçois qu'aux yeux d'un homme de l'art, *d'un pazzo, d'un fanatico per l'arte*, les formes larges, écrasées, puissent paraître lourdes; je conçois qu'il se bouche les oreilles lorsque le suprême amateur de thé anglais voudra lui expliquer bien sérieusement, bien gravement, comme quoi le thé se fait mieux dans une théière ovale plate que dans une ronde élevée, attendu que la feuille se refoule et s'étale trois fois plus dans un même temps donné, etc., etc... Mais je voudrais qu'en retour de ma concession on me concédât que les anciens, que l'on m'offre pour modèles, ne faisaient pas toujours (voyez les vases étrusques) des vases élégans et commodes. Commodes surtout à *nettoyer*, ce sont vos formules; avouez que les goulots étroits et allongés de leurs vases, que les bases restreintes qui rendaient ces ustensiles versables, étaient d'un usage un peu gênant. J'en dirais presque autant des formes de la Renaissance. Voilà ce que c'est que de ne faire que de l'art dans l'art, c'est tomber dans un excès répréhensible. Ne s'est-on pas bâti dans le moyen âge des palais où tout était artistique à l'extérieur, colonnades, portiques, décorations, et où l'on était misérablement logé ?

M. Schœlcher a tellement en horreur le goût anglais, qu'il lui reproche jusqu'à notre costume ! Voici ce qu'il en dit : « *La plaisante tournure que* » *nous donne notre costume ne nous punit-elle pas* » *assez chaque jour d'avoir été prendre leur frac,* » *leur chapeau rond, et les pointes de cols de che-* » *mise?* »

Vraiment, je ne me serais jamais attendu à ce reproche; il faut faire de l'art un despote bien exigeant pour en arracher un tel blâme. Il paraît que M. Schœlcher aurait désiré que l'on conservât le pourpoint à taillades et le haut-de-chausses de Louis XIII, les dentelles et la perruque de Louis XIV. S'imagine-t-on comme ce serait agréable de marcher de nos jours avec cet attirail par la boue, par la pluie, par la chaleur? Conçoit-on le ridicule d'un parapluie avec ce costume? Se figure-t-on la gêne des mouvemens, la lenteur, les embarras de la circulation, l'immense perte de temps? Toute l'Europe a donc été bien sotte de s'emparer du costume anglais, depuis les Russes jusqu'aux Mahométans qui l'adoptent aujourd'hui; mais je conçois les regrets de l'artiste : c'était théâtral ; cela prêtait à la peinture, à la sculpture; cela concorderait aujourd'hui parfaitement avec les salles de spectacle de MM. tels et tels, avec les drames de MM. Victor Hugo, Alex. Dumas; avec les peintures de MM. Deveria et Johannot; au lieu que nos pantalons, nos bottes et nos cols font bien mauvais effet, je l'avoue, à l'huile, en aquarelle, en marbre. C'est toujours pour moi un personnage comique, qu'un héros en culotte courte. Aussi ne m'arrêté-je jamais au salon devant les portraits d'hommes en pied, tant sous le costume actuel ils me paraissent laids et peu dignes; et cependant je ne voudrais le changer pour aucun prix. Et loin de blâmer les Anglais, et dût en souffrir l'industrie des portraits à l'huile, je les en remercie.

L'art, dit *M. Schœlcher*, doit *épurer et ennoblir le goût*... Certes, voilà un précepte bien *banal*;

qui le conteste?... Mais qu'est-ce donc que l'art?...
qui m'expliquera ce que c'est? Je voudrais que
M. Schœlcher me précisât bien ce qu'il entend par
l'art. Ne croirait-on pas que les règles de l'art sont
simples et claires comme les quatre règles de l'arith-
métique? qu'il est impossible à qui que ce soit de
leur donner une interprétation particulière? « *Nous*
» *avons trouvé, dit M. Schœlcher, l'art dans une*
» *boutique; et nous le louons comme nous loue-*
» *rions un tableau de Décamps; une figure de*
» *Moine, un groupe de Barye.* » Ah! voilà enfin
le grand arcane. C'est donc dans cette trinité
mystérieuse qu'est concentré, que réside l'art!
c'est là que nous devons le chercher. En effet,
j'ouvre l'*Artiste*, journal qui doit être consacré à
l'art; et je vois sur la première page les noms de
MM. Decamps, Moyne et Barye. Je saute de joie; je
tourne le feuillet; mais, sur la deuxième page, il y
a même accolation... Je ne ris plus... Je prends un
autre numéro du journal... toujours le même honneur au même triumvirat!... Je demande alors
tous les numéros, même répétition! c'est un di-
thyrambe perpétuel où l'on célèbre à l'envi
MM. Decamps, Moyne et Barye, renforcés de
MM. Barye, Moyne et Decamps... Certes je suis
loin de contester, moi indigne, le talent de ces
messieurs; mais comment, il n'y a donc qu'eux?...
et Paul Delaroche?... et Schnetz?... et Coignet!...
et Robert, l'infortuné Robert?... qu'en dit donc

l'*Artiste*?... Paul Delaroche! ah, mon Dieu! on lui conteste de connaître les règles de l'art!

Ah! *M. Schœlcher*, que vous avez bien fait de citer l'*Artiste*!... à présent je sais d'où vous sortez, vous me soulagez d'un grand poids...

Maintenant, comment voulez-vous que nous cherchions l'art; que nous nous inspirions de l'art, puisque les artistes ne s'entendent pas entre eux; je ne dis pas sur ce mot, mais sur cette chose, sur l'art enfin. Comment faire? oui, il y a anarchie dans l'art, nous sommes d'accord avec *M. Schœlcher*. Le goût, comme la colombe de l'arche, ne sait où poser le pied; mais c'est aux artistes seuls qu'il faut en renvoyer le reproche. Sur ce point tout le monde sera de mon avis.

M. Schœlcher cite avec mépris la fontaine à thé *monstre* qu'on a vue au bal de l'Opéra et le berceau branlant de vignes de M. Odiot, qui fut exposé place Louis XV; il veut (*M. Schœlcher*) des conceptions *simples, chastes*; il veut *que l'on sorte du laid pour s'acheminer vers le beau*. Il faut convenir que notre critique a eu la main malheureuse pour nous en tombant sur ces pièces. Lorsqu'on nous commande de tels ouvrages, notre devoir est de les exécuter, et probablement *M. Schœlcher* en ferait autant à notre place : mais ce rigoureux logicien eût pu trouver dans un service exécuté pour le Rocher de Cancale, et dans d'autres compositions de M. Odiot, probablement quelques motifs de se relâcher un peu de sa rigueur. Malheureusement *M. Schœlcher* n'est pas l'homme aux circonstances atténuantes.

D'ailleurs, qui n'a ici-bas ses jours néfastes? Le célèbre berceau de vignes ne pouvait-il aller avec le non moins fameux lit à colonnes torses dit *de François I*er? MM. Decamps, Moyne et Barye, qu'on nous donne pour de chastes compositeurs, n'ont-ils jamais sacrifié au laid?

Que M. Decamps ait tiré d'admirables effets de la combinaison de la lumière dans ses compositions rembranesques, je l'admets; je m'en suis même délecté. On m'accordera, j'espère, en retour, que la teinte générale olivâtre, objet de prédilection du peintre, dans ses ouvrages, n'est pas agréable au premier coup d'œil.

Que M. Moyne ait rendu avec énergie des démons, des monstres ailés se jouant avec originalité dans le caprice d'une imagination fantasque et bizarre, je l'accorde; mais qu'on m'accorde aussi que ces lignes pointues et heurtées, que ces efforts contre nature ne sont pas propres à reposer l'oeil doucement, comme sur ce *simple*, ce *chaste uni* que vous nous imposez.

Maintenant que nous avons prouvé que l'orfévrerie ne saurait être indépendante, et que s'il y a anarchie dans le goût, on peut en renvoyer le reproche à une grande partie de MM. les artites, notre tâche devient plus facile; et le critique ne saurait tenir sur le terrain où nous allons l'amener, car il s'agira de l'exécution des ouvrages. Cette

question de soin, de plus ou moins fini, de per-
fection, est en même temps une question de prix.
Or, on sent que les conventions seules, entre le fabricant et l'acheteur, peuvent faire qu'un ouvrage
soit distingué, remarquable comme objet d'art,
ou ordinaire, simplement comme satisfaisant l'u-
sage.

On cite souvent Benvenuto Cellini, et les orfèvres de Florence et de Rome, ses contemporains,
et l'on affecte de croire qu'il serait possible aux orfèvres de nos jours de livrer à l'usage journalier
des morceaux tels que ces artistes en ont produit.
C'est une prétention des plus injustes. Qu'on songe
au temps qu'employaient à ces travaux leurs au-
teurs. Il était tel, qu'un pape impatienté de ne pas
voir s'achever un calice qu'il avait commandé à
Cellini, faillit faire mettre en prison le célèbre orfèvre. Qu'on songe au prix qu'étaient payés ces
ouvrages ? Où sont les Paul III, les Clément VII,
les Léon X, les Charles V, les François 1er, qui les
firent exécuter ? Que si abandonnant, si l'on veut,
la comparaison de ces grands noms, et ne par-
lant que des *seigneurs* d'alors, qui étaient les pra-
tiques plus habituelles de nos devanciers, on reporte
un coup d'œil sur l'incommensurable division des
propriétés et des fortunes que nous ont faite les
circonstances; qu'on nous dise, la main sur le
cœur, s'il est possible pour nous de ne faire aujourd'hui que de l'art, *uniquement de l'art?*

Pour que les arts aient une couleur, un style,

un ensemble (et je ne connais pas d'art en général
sans ensemble, dans toutes les parties de l'art) qui
y attache le nom d'une époque, d'un siècle, il leur
faut (et qu'on nous comprenne bien, afin de ne
pas donner à nos paroles plus de profondeur
qu'elles n'en veulent avoir), il faut aux arts,
dis-je, une aristocratie qui fasse collection de
tableaux, de statues, qui se bâtisse des palais,
des jardins, qui se meuble de tapis, de bronzes,
de lustres, d'orfévrerie. Or, où trouver, à quelques rares exceptions près, cette aristocratie
aujourd'hui? où placer des galeries d'objets d'arts
dans les habitations étroites et entassées qu'on
nous élève en cet an de grâce 1855?...

Au-dessous de la condition que je viens d'indi-
quer pour la prospérité des arts, on ne fait plus
de l'art, on fait de l'industrie; et le critique lui-
même nous aide à pouver ce raisonnement, en
nous citant le bracelet où deux chevaux ronde-
bosse appliqués *ont des poils longs comme ceux
des ours*. Il est évident que cette empreinte sort
d'une matrice où l'on en frappe peut-être cent
par jour; que cette matrice a été gravée par un
ouvrier qui ne savait pas le dessin, et qui, par cela
seul, a livré la gravure *à bon marché*. On a donc
voulu faire de l'industrie, on n'a pas fait de l'art.
La *concurrence* n'est-elle pas là? la concurrence,
cauchemar du fabricant, cause de toutes ses in-
somnies; la concurrence, ce monstre à cent bras,
qui vomit la flamme, et dont les flancs précipités

recèlent la vapeur; la concurrence, disons-nous,
écrase l'art; et à moins que vous ne preniez toute
la génération au maillot, que vous ne lui mettiez
un pinceau dans la main, et des Raphaël, des Raphaël, pas moins, devant les yeux, l'industrie tuera
toujours l'art.

Il est vrai que *M. Schœlcher* s'en prend aussi aux
complices naturels de ces crimes (que j'appellerais
de lèze-art, si cette locution ne formait pas un mi-
sérable jeu de mots). Voilà ce que dit *M. Schœlcher :*

« *Malheureusement ceux que nous blâmons ont*
» *une excuse assez naturelle à présenter ; quoi que*
» *nous fassions, diront-ils, les femmes nous achè-*
» *tent tout. Cette réponse témoigne seulement con-*
» *tre la mauvaise éducation artistique des femmes;*
» *puisque les Françaises, malgré leur prétention*
» *au bon goût, veulent rester dans cette ignorance*
» *qui rend parfois si ridicule leur toilette et leur*
» *ameublement, il est nécessaire de les diriger...* »
Et plus loin... «*Si le Salon qui vient de se fermer*
» *n'a encore été cette année, pour les femmes, qu'un*
» *motif de futile promenade au lieu d'être une oc-*
» *casion d'étude ; si elles ne veulent point avoir*
» *l'honneur de la réforme du goût, etc., etc.* »

Quelle sévérité! quelle amertume dans le reproche. Eh bien! non-seulement ceci n'est pas cha-
ritable, mais, jusqu'à un certain point, ce n'est pas
vrai. Les femmes peuvent beaucoup pour la réforme, en propageant les bonnes idées, les saines

doctrines; mais il ne leur est pas donné de conce-
voir, de formuler cette réforme. Que messieurs les
artistes soient *eux-mêmes* d'abord, qu'ils se réu-
nissent, qu'ils s'entendent, qu'ils osent se créer
une époque. Nous appelons de tous nos vœux cette
révolution. Nous ne demandons pas une grande
époque, une grande renaissance, nous ne sommes
pas si ambitieux, les génies d'ailleurs sont rares.
Nous ne voulons que le possible. Mais nous trou-
vons qu'on a assez fait de *Renaissance et de Rococo*.
Nous disons que c'est un anachronisme ridicule
par le temps qui court, lorsque l'état social, les
usages, les costumes, ont subi une transformation
si contrastée, de meubler un agent de change en
Louis XIV, un banquier en François Ier.

Nous voulons qu'on fasse du 1835. L'on ne dira
pas que nous ne sommes pas de notre temps. Et
lorsque les beaux-arts auront dressé la lice, ou-
vert la barrière et indiqué le but, les arts industriels s'y précipiteront, intelligens, zélés et recon-
naissans.

GANDAIS,

Orfèvre-plaqueur du Roi.

Paris, ce 20 juillet 1835.

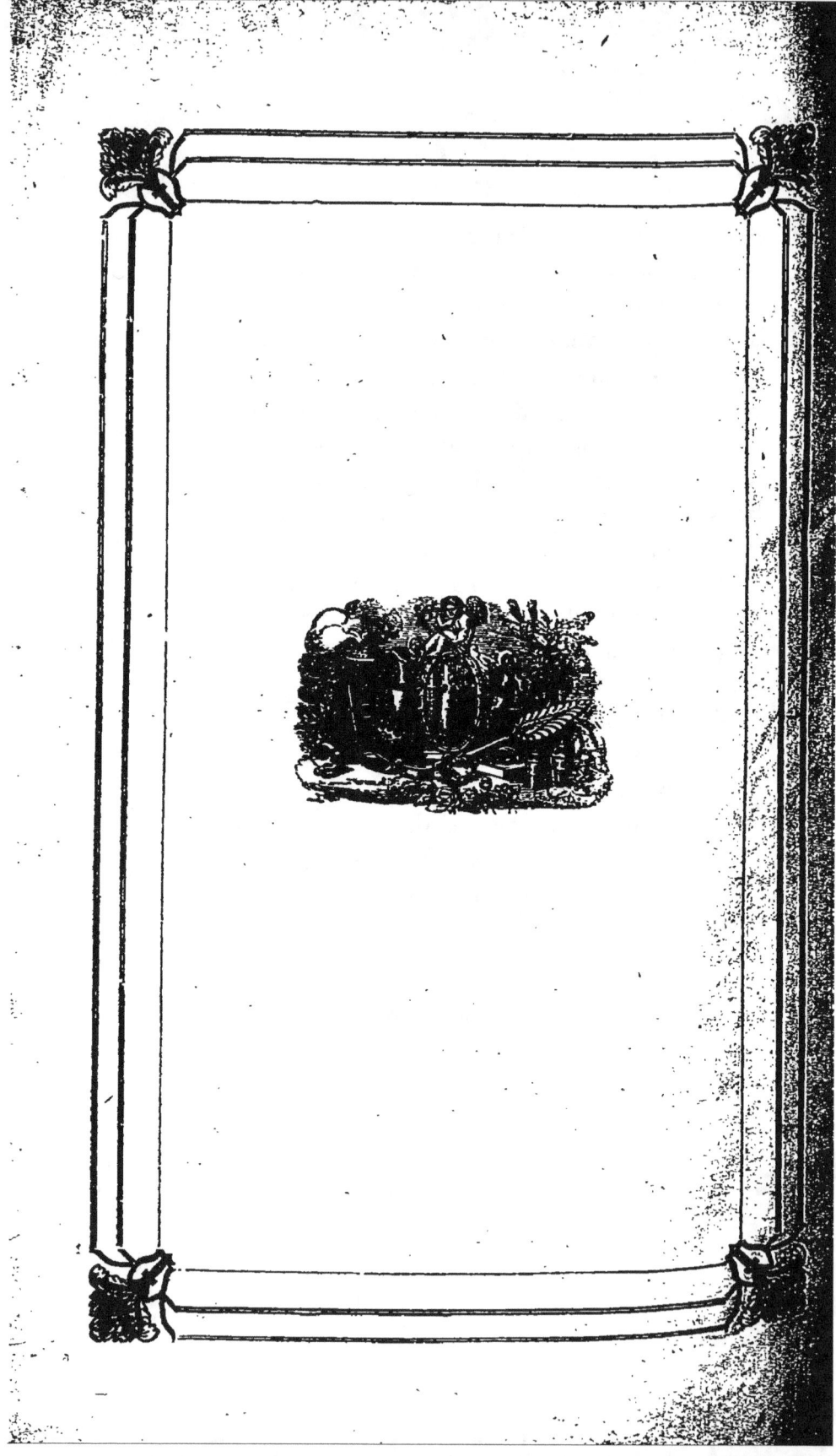

www.ingramcontent.com/pod-product-compliance
Lightning Source LLC
Chambersburg PA
CBHW061514170626
46811CB00004B/1726